Contos de *Artur Azevedo*

DCL
DIFUSÃO
CULTURAL
DO LIVRO

Contos de *Artur Azevedo*

Ilustrados por Renato Moriconi

O Encanto do Conto

DIFUSÃO CULTURAL DO LIVRO

Copyright © 2005 das ilustrações: Renato Moriconi
Copyright © 2005 da edição: Editora DCL – Difusão Cultural do Livro

EDITORA EXECUTIVA:	Otacília de Freitas
EDITOR DE LITERATURA:	Vitor Maia
COORDENAÇÃO EDITORIAL:	Ana Paula Ribeiro
ASSISTENTE EDITORIAL:	Andréia Szcypula
PREPARAÇÃO DE TEXTO:	Gislene de Oliveira
REVISÃO DE PROVAS:	Ana Paula dos Santos
	Carla M. Moreira
	Fernanda Almeida Umile
	Janaína Mello
	Valentina Nunes
CONCEPÇÃO DA COLEÇÃO:	Maria Viana
ELABORAÇÃO DE GLOSSÁRIO E BOXES:	Antônio Carlos Olivieri
PESQUISA ICONOGRÁFICA:	Camila D'Ângelo
	Mônica de Souza
ILUSTRAÇÕES:	Renato Moriconi
CAPA, PROJETO GRÁFICO E DIAGRAMAÇÃO:	Vinicius Rossignol Felipe

**Texto em conformidade com as novas regras
ortográficas do Acordo da Língua Portuguesa**

Dados Internacionais de Catalogação na Publicação (CIP)
(Câmara Brasileira do Livro, SP, Brasil)

Azevedo, Artur de, 1855-1908.
Contos de Artur Azevedo / ilustrador Renato
Moriconi. — 1. ed. — São Paulo : DCL, 2005. —
(Coleção O encanto do conto).

ISBN 85-7338-939-7
ISBN 978-85-7338-939-5

1. Contos – Literatura infantojuvenil. I. Moriconi,
Renato. II. Título. III. Série.

04-6614   CDD – 028.5

Índices para catálogo sistemático:

1. Contos : Literatura infantojuvenil 028.5
2. Contos : Literatura juvenil 028.5

1ª edição • abril • 2005
3ª reimpressão • abril • 2010

Editora DCL – Difusão Cultural do Livro Ltda.
Rua Manuel Pinto de Carvalho, 80 – Bairro do Limão
CEP 02712-120 – São Paulo – SP
Tel.: (0xx11) 3932-5222
www.editoradcl.com.br
dcl@editoradcl.com.br

SUMÁRIO

COMÉDIAS DA VIDA PÚBLICA E PRIVADA
NA VIRADA DOS SÉCULOS XIX E XX _____ 6

VOVÔ ANDRADE _____ 8

PAULINO E ROBERTO _____ 16

DE CIMA PARA BAIXO _____ 22

O VELHO LIMA _____ 28

A POLÊMICA _____ 34

JOÃO SILVA _____ 42

PLEBISCITO _____ 50

UMA EMBAIXADA _____ 56

PAIXÃO PELO TEATRO _____ 64

CRÔNICA E BOM HUMOR _____ 70

COMÉDIAS DA VIDA PÚBLICA E PRIVADA NA VIRADA DOS SÉCULOS XIX E XX*

Mais conhecido por sua obra e atividade teatrais, Artur Azevedo também escreveu grande quantidade de textos em prosa, que, de modo geral, são considerados contos, embora num exame mais atento revelem estar no limite entre o conto e a crônica. Independentemente da questão de gênero literário em que se enquadram, os contos de Artur Azevedo possuem inegáveis qualidades, e sua leitura nos dias de hoje – mais de cem anos após a publicação original – não deixa de ser uma experiência agradável e divertida.

Em seus contos, Artur Azevedo focaliza a vida cotidiana do Rio de Janeiro no século XIX e nos primeiros anos do século XX. O autor olha para essa realidade com espírito crítico e, principalmente, muito bom humor. Nesse sentido, seus textos assemelham-se aos do grande cronista e humorista da literatura brasileira contemporânea Luis Fernando Verissimo.

Como se pode observar no breve estudo sobre a obra de Artur Azevedo no final deste livro, seus contos são marcados por fluência, simplicidade, dinamismo e bom humor. O próprio Azevedo reconhece isso no prefácio de um de seus livros de contos, no qual afirma que seus textos "foram escritos sem preocupação de psicologia nem ginástica de estilo". Sua intenção era fazer "uma simples obra recreativa". E esse caráter divertido manifesta-se em todos os textos selecionados para esta antologia.

*Apresentação e comentários sobre vida e obra do autor elaborados por Antônio Carlos Olivieri, formado em Letras pela Universidade de São Paulo (USP). Já lecionou língua portuguesa e literatura brasileira, redação técnica e redação publicitária, além de ter trabalhado como colaborador em revistas e jornais. Atualmente ministra cursos de assessoria de imprensa para o mercado editorial.

Em "Vovô Andrade" – em que o leitor depara com uma personagem misteriosa –, Artur Azevedo faz crítica à hipocrisia a que se veem obrigados os gananciosos. Já no conto "Paulino e Roberto", o leitor está diante de questões sentimentais: a instituição do casamento, vista pelo Romantismo como um ideal maior de vida, torna-se alvo da ironia e da sátira com o advento dos romances realistas.

"De cima para baixo" expressa claramente, e com muito humor, como os "de cima" podem tratar "os de baixo" e como estes reagem ao tratamento recebido. Mais do que uma crítica social, o texto parece fazer uma caricatura irônica das hierarquias de modo geral. "O velho Lima", além do bom humor, tem conotações históricas e refere-se à Proclamação da República no Brasil, pelo ponto de vista de alguém que não soube que ela aconteceu.

Em "A polêmica", o leitor encontra uma situação inusitada, em que um redator, para sobreviver, vê-se forçado a jogar por dois adversários. Além da graça que se extrai das dificuldades do redator, é possível vislumbrar como era a imprensa brasileira no século XIX. "João Silva" é um conto com fortes traços românticos, atenuados somente pelo comentário final que o autor faz à narrativa, cujo caráter teatral também é muito evidente.

"Plebiscito" é o conto mais conhecido do autor, considerado por muitos uma obra-prima. Lido com atenção, o conto talvez revele uma relação (que permanece atual) entre o brasileiro médio e uma das práticas essenciais da democracia. Enfim, o último conto desta antologia, "Uma embaixada", revela um pouco da vida sentimental do século XIX por uma perspectiva mais próxima da escola realista que da romântica, contando a história de um homem tímido que solicita a um amigo para ser seu representante e pedir uma dama em casamento.

Resta dizer que, independentemente das muitas implicações históricas e literárias presentes nos contos de Artur Azevedo, uma primeira leitura talvez não deva atentar para elas, mas, sim, privilegiar o seu caráter de comédia e entretenimento. Foi esse o espírito do autor. Boa leitura!

Vovô Andrade

Ele aparecera um belo dia na casa de pensão de dona Eugênia acompanhado de três baús e um pequeno cofre de ferro. Pedira o aposento mais barato, e regateara o preço da comida, porque, dizia ele, estava habituado a tomar uma única refeição por dia, e parca, muito parca.

Ninguém sabia de onde vinha aquele velho, nem ele o dizia, conquanto não fosse precisamente um taciturno[1]. Gostava de dar à língua, mas quando algum abelhudo o interrogava sobre a sua vida, ele não respondia, dando a entender apenas, por meias palavras, que passara por sérios dissabores, que tinha sofrido muito e mudara de terra para que ninguém lhe lembrasse o passado.

Sabia-se apenas que se chamava Andrade, era português, e emigrara muito criança para uma das nossas províncias, onde viveu perto de 60 anos.

Não consentia entrassem no seu quarto que ele próprio varria e espanava, deixando-se ficar horas e horas sozinho, fechado à chave, abrindo e remexendo o cofre e os baús.

Um dos hóspedes, o Braguinha, guarda-livros de uma casa importante, afirmou ouvir no aposento do velho o tilintar de moedas de ouro.

— Aquilo é uma espécie de tio Gaspar, *d'Os sinos de Corneville* — afirmava o dito Braguinha com uma convicção que se comunicou aos outros hóspedes.

Mas podia lá ser! O velho Andrade tinha a roupa no fio, o chapéu surrado, os sapatos a rir, e era com um suspiro doloroso e profundo que pagava, no fim do mês, a sua módica[2] pensão.

• • •

taciturno[1]: de poucas palavras, melancólico, triste.
módica[2]: modesta, de valor baixo.

A dona da casa, que era viúva e tinha três filhos, três bonitos rapazes, o mais velho dos quais contava apenas 13 anos, também se convenceu de que o seu novo hóspede era um avarento sórdido; intimá-lo-ia, talvez, a procurar cômodo noutra parte, se ele não se tivesse afeiçoado desde logo aos três meninos, mostrando-lhes uma simpatia fora do comum, contando-lhes histórias que os divertiam. Quem meus filhos beijam minha boca adoça.

— Adoro as crianças – dizia o velho a dona Eugênia. — Que quer? Não tenho mais ninguém sobre a terra: sou completamente só.

— Só? Pois nem um parente?...

— Nem um aderente, minha senhora! A morte levou-me quantos eu amava, e esqueceu-se de mim neste mundo de atribulações e misérias.

• • •

Havia um negociante, o Barbosa, sujeito de meia-idade, compadre de dona Eugênia, que a visitava miúdo e a assistia com os seus conselhos de homem prático. As más línguas diziam que esse amigo do defunto era alguma coisa mais que um simples conselheiro, porém, sobre esse ponto, não tenho nenhuma indicação exata, nem ele importa à minha narrativa.

A verdade é que, com a morte do marido, dona Eugênia se achou numa situação muito precária, e foi o compadre quem lhe forneceu o capital necessário para o estabelecimento da casa de pensão, que prosperava.

Um dia em que dona Eugênia lhe disse que a presença do misterioso velhote a aborrecia, e ela já o teria posto a andar, se ele se não mostrasse tão amigo dos rapazes, o Barbosa retorquiu:

— Pô-lo a andar? Que lembrança! Pelo contrário: conserve-o. Este hóspede foi a fortuna que lhe entrou em casa!

— A fortuna?

— A fortuna, sim! É um velho rico e avarento, que não tem herdeiros... Pô-lo fora! Que ideia! Trate-o com todo o carinho e faça com que seus filhos o respeitem e o amem.

Naquela casa o Barbosa tinha sempre razão. Poucos dias depois, dona Eugênia oferecia ao velho Andrade, pelo mesmo preço, um aposento maior, mais espaçoso, mais arejado, com boa mobília, colchão de arame e duas janelas dizendo para o jardim.

Fez mais: obrigou-o, com bons modos, a tomar duas refeições por dia, como os demais hóspedes, e pela manhã mandava-lhe chocolate ou café com leite e biscoitos.

O velho derramava lágrimas de reconhecimento, admirando-se, dizia ele, de tanta bondade para com um pobre--diabo inútil, que não tinha onde cair morto.

Dona Eugênia conseguiu, com a habilidade de um diplomata, saber o dia em que fazia anos o velho, e nesse dia o pobre homem foi presenteado pelo menos com roupa e calçado. Agora não lhe faltava nada.

O Braguinha, vendo que o velho simpatizava com ele, e na esperança de ser contemplado por sua morte, começou também a mimoseá-lo com guloseimas, charutos finos, livros interessantes, jornais ilustrados etc.

Entretanto, o velho não modificou os seus hábitos de solidão. Ninguém lhe entrava no quarto onde continuava diariamente, durante horas e horas, a abrir e fechar o cofre e os baús.

Um dia, quando ele ia pagar a dona Eugênia a sua pensão, esta disse-lhe:

— Não se ofenda com o que lhe vou pedir: guarde o seu dinheiro; não tem que pagar coisa alguma; a sua mensalidade

não me faz ficar mais rica nem mais pobre; quero que o senhor seja considerado nesta casa como pessoa da família.

• • •

A situação durou assim muito tempo. O velho Andrade passava uma vida de lorde, tratado a vela de libra[3].

Agora manifestava desejos, apetecia coisas, e bastava a mais leve insinuação para ser logo presenteado tanto pela viúva como pelo Braguinha.

Este foi afastado a conselho do prudente Barbosa. Era um concorrente perigoso. Tantas fizeram que o guarda-livros foi obrigado a mudar-se, não deixando, contudo, de visitar o velho todas as vezes que o podia fazer, porque a viúva sequestrava o seu precioso hóspede.

• • •

Já estava o Andrade havia dois anos na casa de pensão, quando uma noite, achando-se a sós com dona Eugênia, disse-lhe:

— Quero fazer-lhe uma comunicação, minha santa protetora. Estou velho e posso morrer de um momento para outro:

— Não diga isso; o senhor tem para dar e levar!

— Há lá no meu quarto um cofre de ferro cuja chave está sempre comigo. Esse cofre é um absurdo, uma fantasia, porque nada tenho senão quatro patacas e umas bugigangas sem valor. Pois bem; previno-a de que lá dentro está o meu testamento... – O seu testamento! dirá a senhora; mas você não tem o que deixar! – Pois tenho, sim, senhora – tendo naqueles baús muitos objetos, de nenhum valor, é verdade, mas, que, se eu fechasse os olhos sem ter feito as minhas

tratado a vela de libra[3]: muito bem tratado – as velas que custavam uma libra (antiga moeda portuguesa) eram de primeira qualidade.

disposições testamentárias, seriam arrecadados pelo consulado português e vendidos em hasta pública[4]. É isso que desejo evitar, dando destino ao que é meu.

Essa revelação fez com que redobrassem os carinhos que cercavam o velho. Levavam-no aos teatros, às festas, aos passeios; enchiam-no de marmeladas e vinhos finos. Os meninos habituaram-se a chamar-lhe "vovô Andrade".

E o hóspede tornou-se caro. Só não lhe davam médico e botica, porque tinha uma saúde de ferro, e nunca precisou disso.

E sempre a mesma reserva, sempre o mesmo mistério sobre o seu passado; não havia meio de lhe arrancar uma confidência!

• • •

Dona Eugênia começou a impacientar-se:

— Este velho é capaz de nos enterrar a todos!

— Tenha paciência; ature-o, que há de receber o capital e juros acumulados — dizia o Barbosa. — Naquela idade o homenzinho não pode ir muito longe.

E não foi.

Justamente no dia em que se completavam cinco anos que era hóspede da casa de pensão, vovô Andrade caiu fulminado por uma apoplexia[5]. Para festejar o quinto aniversário das suas relações, dona Eugênia obsequiara-o com um opíparo[6] jantar, abundantemente regado, e ele comeu e bebeu demais.

Os meninos já estavam crescidos (o mais velho ia fazer 18 anos), choraram sinceramente. A viúva, insofrida, quis abrir logo o cofre, e tê-lo-ia feito se o discreto Barbosa lho não obstasse.

— Não mexa em coisa alguma. Vou chamar quem de direito.

Veio a autoridade consular, que abriu o cofre. Este continha, efetivamente, um invólucro subscritado com estas

hasta pública[4]: venda de bens em pregão público.
apoplexia[5]: derramamento de sangue no interior de um órgão.
opíparo[6]: esplêndido, opulento, magnífico.

13

palavras: "Meu testamento", e cerca de trezentos mil-réis em notas do Tesouro e moedas de prata e ouro, as tais que tilintavam aos ouvidos do Braguinha.

Dois baús estavam cheios de ferros velhos, trapos, coisas inúteis, e o outro continha objetos que representavam algum valor: a roupa e os demais presentes com que vovô Andrade tinha sido, durante cinco anos, obsequiado na casa de pensão.

O testamento dizia:

"Achando-me septuagenário e reduzido à miséria, sem um parente, sem um amigo, depois de uma vida inteira de trabalhos e infortúnios, tinha que optar entre a mendicidade e o suicídio.

Não optei nem por uma nem por outra coisa: mudei de terra, fingi-me rico e avarento, bastando para isso dois velhos baús e um cofre de ferro, último vestígio de melhores tempos.

Graças a esse ardil, encontrei tudo quanto me faltava, e mais alguma coisa.

Uns dirão que fui tratante, dirão outros que fui filósofo. Para mim é o mesmo.

Dentro do cofre encontrarão a quantia necessária para o meu enterro".

● ● ●

Quem se lavou em água de rosas foi o Braguinha.

Paulino e Roberto

O Paulino toda a vida remou contra a maré! Para cúmulo da desgraça, o destino atirou-lhe nos braços uma esposa que não era precisamente o sonhado modelo de meiguice e dedicação.

Adelaide não lhe perdoava o ser pobre, o ganhar apenas o necessário para viver. O seu desejo era ter um vestido por semana e um chapéu de 15 em 15 dias – possuir um escrínio[1] de magníficas joias –, deslumbrar a rua do Ouvidor – frequentar bailes e espetáculos –, tornar-se a rainha da moda. Não se podia conformar com aquela vida de privação e trabalho.

O Paulino, que era a bondade em pessoa, afligia-se muito por não poder proporcionar à sua mulher a existência que ela ambicionava. Fazendo um exame de consciência, o mísero acusava-se de haver sacrificado a pobre moça, que, bonita e espirituosa como Deus a fizera, teria facilmente encontrado um marido com recursos bastantes para satisfazer todos os seus caprichos de frou-frou sem dote.

Ele só tinha um amigo, um amigo íntimo, seu companheiro de infância, o Vespasiano, que um dia lhe disse com toda a brutalidade:

— Tua mulher é insuportável! Eu, no teu caso, mandava-a para o pasto!

— Oh! Vespasiano! Não digas isso!...

— Digo, sim, senhor! Digo e redigo!... Vocês não têm filhos; portanto, não há consideração nenhuma que te obrigue a aturar um diabo de mulher que todos os dias te lança em rosto a tua pobreza, como se ela te houvesse trazido algum dinheiro, e o esbanjaste!...

escrínio[1]: caixa ou cofre pequeno onde se guardam joias.

— Isso não é conselho que se dê a um amigo, nem eu tenho razões para me separar de Adelaide.

— Pois não te parece razão suficiente essa eterna humilhação a que ela te condena?

— Pois sim, mas quem me manda ser tão caipora[2]?

— Não creias que, se melhorasses de posição, ela melhoraria de gênio. Aquela é das tais que nunca estão contentes com a sorte, nem se lembram de que Deus dá o frio conforme a roupa. Se algum dia chegasses a ministro, ela não te perdoaria não seres presidente da República!

— Exageras.

— Pode ser; mas afianço-te que mulher assim não a quisera eu nem pesada a ouro! Prefiro ficar solteiro.

Efetivamente, Vespasiano, apesar de ser muito amigo de Paulino, não o frequentava, tal era a aversão que lhe causava a presença de Adelaide. Não a podia ver.

• • •

Paulino em vão procurava por todos os meios e modos melhorar de vida, aumentando o parco rendimento, quando um comerciante, seu conhecido, lhe propôs uma pequena viagem ao Rio Grande do Sul, para a liquidação de certo negócio. Era empresa que lhe poderia deixar um par de contos de réis, se fosse bem-sucedida.

Instigado pela mulher, a quem sorria a perspectiva de alguns vestidos novos, Paulino partiu para o Rio Grande a bordo do *Rio Apa*; tendo, porém, desembarcado em Santa Catarina, perdeu, não sei como, o paquete[3], e foi obrigado a esperar por outro.

Antes que esse outro chegasse, recebeu a notícia de que o *Rio Apa* naufragara, não escapando nenhum homem da tripulação, nem passageiro algum. Do próprio paquete não

***caipora*[2]:** azarado.
***paquete*[3]:** navio a vapor.

havia o menor vestígio. Sabia-se que naufragara porque desaparecera.

Paulino agradeceu a Deus o ter escapado milagrosamente ao naufrágio.

• • •

Ao ver o seu nome impresso nos jornais, entre os das vítimas, atravessou-lhe o espírito a ideia de calar-se, fazendo-se passar por morto. Não sei se ele teria lido o *Jacques Amour*, de Zola, ou *A viuvinha*, do nosso Alencar.

— Em vez de me livrar da Adelaide, como aconselhava o Vespasiano, livra-la-ei de mim. Ora está dito! Seremos ambos assim mais felizes...

Ninguém o conhecia em Santa Catarina, e ele, de ordinário taciturno e reservado, a ninguém se queixara de haver perdido a viagem, de modo que pôde executar perfeitamente o seu plano. Calou-se, muito caladinho, e deixou que a notícia da sua morte circulasse livremente, como a dos demais passageiros do *Rio Apa*.

Escusado é dizer que mudou de nome.

Tendo feito conhecimento com um rico industrial teuto-brasileiro, ex-colono de Blumenau, foi com este para o interior da Província, e, como era inteligente e trabalhador, não tendo mulher que o "encabulasse", arranjou muito bem a vida, conseguindo até pôr de parte algum pecúlio.

Passaram-se anos sem que Roberto, o ex-Paulino, tivesse notícias de Adelaide.

Resolveu um dia ir ao Rio de Janeiro, a passeio, convencido de que ninguém mais se lembrava dele, nem o reconheceria, pois deixara crescer a barba, engordara extraordinariamente, e tinha um tipo muito diverso do de outrora.

O seu primeiro cuidado foi passar pela casinha de porta e janela onde morava, na rua do Alcântara, quando embarcou para o Sul. Não a encontrou; tinham erguido um prédio no local outrora ocupado pelo ninho dos seus amores sem ventura.

Informou-se, na venda próxima, que fim levara a viúva de um tal Paulino, morador naquela rua, náufrago do *Rio Apa*; mas ninguém se lembrava dessa família, e ele teve a sensação de que era realmente um defunto.

Procurou ver Vespasiano, e viu-o, quando saía da Alfândega, onde era empregado. O seu movimento foi correr para o amigo e dizer-lhe: – Olha! Sou eu! Não morri! Venha, dê lá um abraço! Mas conteve-se, deixou-o passar, saboreando um cigarro.

— Como está velho! — pensou Paulino. — Eu decerto não o reconheceria, se o supusesse tão morto como ele me supõe a mim! Deixá-lo! Eu morri deveras, e nada lucraria em ressuscitar, mesmo para ele, que era o meu único amigo.

• • •

Bem inspirado andou o morto em não se dar a conhecer, porque, alguns dias depois, achando-se num bondinho da praça Onze, atravessando a rua Riachuelo, viu entrar no carro o Vespasiano acompanhado por uma senhora que era Adelaide sem tirar nem pôr.

Paulino conteve o natural sobressalto que lhe causou aquela aparição.

Ela vinha muito irritada. Logo que se sentou, voltou-se com mau modo para Vespasiano, e disse-lhe:

— Eu logo vi que você me dizia que não!

Paulino reconheceu a voz da sua viúva.

— Mas, reflete bem, Adelaide; aquele dinheiro está destinado para o aluguel da casa, e tu não tens assim tanta necessidade de uma capa de seda!

Adelaide soltou um longo suspiro, e expectorou esta queixa bem alto para que todos a ouvissem:

— Meu Deus! Que sina a minha de ter maridos pingas! Você ainda é pior que o outro!

— Ah! Se ele pudesse ver-nos lá do outro mundo — murmurou entredentes Vespasiano — como se riria de mim!

Roberto ficou muito sério, olhando com indiferença para a rua, mas Paulino riu-se, efetivamente, no fundo do oceano.

DE CIMA PARA BAIXO

Naquele dia o ministro chegou de mau humor ao seu gabinete, e imediatamente mandou chamar o diretor-geral da secretaria.

Este, como se movido fosse por uma pilha elétrica, estava, poucos instantes depois, em presença de sua excelência, que o recebeu com duas pedras na mão.

— Estou furioso! — exclamou o conselheiro. — Por sua causa passei por uma vergonha diante de sua majestade o imperador!

— Por minha causa? — perguntou o diretor-geral, abrindo muito os olhos e batendo nos peitos.

— O senhor mandou-me na pasta um decreto de nomeação sem o nome do funcionário nomeado!

— Que me está dizendo, excelentíssimo?...

E o diretor-geral, que era tão passivo e humilde com os superiores, quão arrogante e autoritário com os subalternos, apanhou rapidamente no ar o decreto que o ministro lhe atirou, em risco de lhe bater na cara, e, depois de escanchar[1] a luneta[2] no nariz, confessou em voz sumida:

— É verdade! Passou-me! Não sei como isto foi!...

— É imperdoável esta falta de cuidado! Deveriam merecer-lhe um pouco mais de atenção os atos que têm de ser submetidos à assinatura de sua majestade, principalmente agora que, como sabe, está doente o meu oficial de gabinete!

E, dando um murro sobre a mesa, o ministro prosseguiu:

— Por sua causa esteve iminente uma crise ministerial: ouvi palavras tão desagradáveis proferidas pelos augustos lábios de sua majestade, que dei a minha demissão!...

— Oh!...

escanchar[1]: colocar sobre.
luneta[2]: óculos.

— Sua majestade não a aceitou...

— Naturalmente; fez sua majestade muito bem.

— Não a aceitou porque me considera muito, e sabe que a um ministro ocupado como eu é fácil escapar um decreto mal copiado.

— Peço mil perdões a vossa excelência — protestou o diretor-geral, terrivelmente impressionado pela palavra *demissão*. — O acúmulo de serviço fez com que me escapasse tão grave lacuna; mas afirmo a vossa excelência que de agora em diante hei de ter o maior cuidado em que se não reproduzam fatos desta natureza.

O ministro deu-lhe as costas e encolheu os ombros, dizendo:

— Bom! Mande reformar essa porcaria!

• • •

O diretor-geral saiu, fazendo muitas mesuras e, chegando ao seu gabinete, mandou chamar o chefe da 3ª seção que o encontrou fulo de cólera.

— Estou furioso! Por sua causa passei por uma vergonha diante do senhor ministro!

— Por minha causa?

— O senhor mandou-me na pasta um decreto sem o nome do funcionário nomeado!

E atirou-lhe o papel, que caiu no chão.

O chefe da 3ª seção apanhou-o, atônito, e, depois de se certificar do erro, balbuciou:

— Queira vossa senhoria desculpar, senhor diretor... são coisas que acontecem... havia tanto serviço... e todo tão urgente!...

— O senhor ministro ficou, e com razão, exasperado! Tratou-me com toda a consideração, com toda a afabilidade, mas notei que estava fora de si!

amanuense[3]:
escrevente, copista, funcionário de repartição pública que cuidava de fazer cópias escritas.

— Não era caso para tanto...

— Não era caso para tanto? Pois olhe, sua excelência disse-me que eu devia suspender o chefe de seção que me mandou isto na pasta!

— Eu... vossa senhoria...

— Não o suspendo; limito-me a fazer-lhe uma simples advertência, de acordo com o regulamento.

— Eu... vossa senhoria.

— Não me responda! Não faça a menor observação! Retire-se, e mande reformar essa porcaria!

• • •

O chefe da 3ª seção retirou-se confundido, e foi ter à mesa do amanuense[3] que tão mal copiara o decreto:

— Estou furioso, sr. Godinho! Por sua causa passei por uma vergonha diante do senhor diretor-geral!

— Por minha causa?

— O senhor é um empregado inepto, desidioso, desmazelado, incorrigível! Este decreto não tem o nome do funcionário nomeado!

E atirou o papel, que bateu no peito do amanuense.

— Eu devia propor a sua suspensão por 15 dias ou um mês: limito-me a repreendê-lo na forma do regulamento! O que eu teria ouvido, se o senhor diretor-geral não me tratasse com tanto respeito e consideração!

— O expediente foi tanto, que não tive tempo de reler o que escrevi...

— Ainda o confessa!

— Fiei-me em que o senhor chefe passasse os olhos...

— Cale-se!... Quem sabe se o senhor pretende ensinar-me quais sejam as minhas atribuições?!...

— Não, senhor, e peço-lhe que me perdoe esta falta...

— Cale-se, já lhe disse, e trate de reformar essa porcaria!...

• • •

O amanuense obedeceu.
Acabado o serviço, tocou a campainha.
Apareceu o contínuo.

— Por sua causa passei por uma vergonha diante do chefe da seção!

— Por minha causa?

— Sim, por sua causa! Se você ontem não tivesse levado tanto tempo a trazer-me o caderno de papel imperial que lhe pedi, não teria eu passado a limpo este decreto com tanta pressa que comi o nome do nomeado!

— Foi porque...

— Não se desculpe: você é um contínuo muito relaxado! Se o chefe não me considerasse tanto, eu estava suspenso, e a culpa seria sua! Retire-se!

— Mas...

— Retire-se, já lhe disse! E deve dar-se por muito feliz: eu poderia queixar-me de você!...

• • •

O contínuo saiu dali e foi vingar-se num servente preto, que cochilava num corredor da secretaria.

— Estou furioso! Por tua causa passei pela vergonha de ser repreendido por um bigorrilhas[4]!

— Por minha causa?

— Sim; quando te mandei ontem buscar na portaria aquele caderno de papel imperial, por que te demoraste tanto?

— Porque...

bigorrilhas[4]: patife, sem-vergonha, canalha; joão-ninguém.

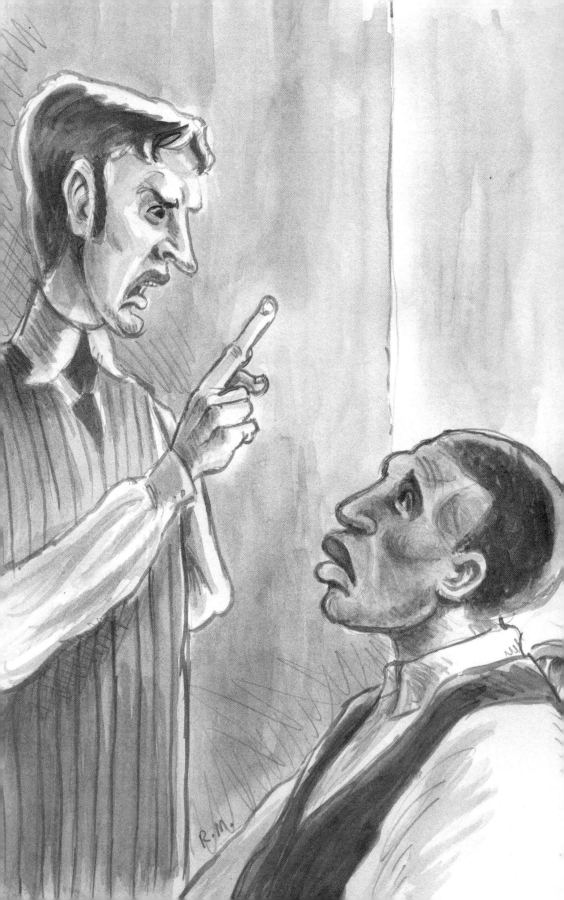

— Cala a boca! Isto aqui é andar muito direitinho, entendes? Porque, no dia em que eu me queixar de ti ao porteiro, estás no olho da rua! Serventes não faltam!...

O preto não redarguiu.

• • •

O pobre-diabo não tinha ninguém abaixo de si, em quem pudesse desforrar-se da agressão do contínuo; entretanto, quando depois do jantar, sem vontade, no frege-moscas[5], entrou no pardieiro em que morava, deu um tremendo pontapé no seu cão.

O mísero animal que vinha, alegre, dar-lhe as boas-vindas, grunhiu, grunhiu, grunhiu, e voltou a lamber-lhe humildemente os pés.

O cão pagou pelo servente, pelo contínuo, pelo amanuense, pelo chefe de seção, pelo diretor-geral e pelo ministro!...

frege-moscas[5]: restaurante popular.

O velho Lima

O velho Lima, que era empregado – empregado antigo – numa das nossas repartições públicas, e morava no Engenho de Dentro, caiu de cama, seriamente enfermo, no dia 14 de novembro de 1889, isto é, na véspera da proclamação da República dos Estados Unidos do Brasil.

O doente não considerou a moléstia coisa de cuidado, e tanto assim foi que não quis médico: bastaram-lhe alguns remédios caseiros, carinhosamente administrados por uma nédia[1] mulata que havia 25 anos lhe tratava com igual solicitude do amor e da cozinha. Entretanto, o velho Lima esteve de molho oito dias.

O nosso homem tinha o hábito de não ler jornais e, como em casa nada lhe dissessem (porque nada sabiam), ele ignorava completamente que o Império se transformara em República.

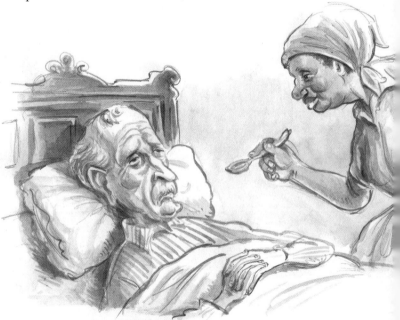

nédia[1]: de aspecto lustroso devido à gordura.

No dia 23, restabelecido e pronto para outra, comprou um bilhete, segundo o seu costume, e tomou lugar no trem, ao lado do comendador Vidal, que o recebeu com estas palavras:

— Bom dia, cidadão.

O velho Lima estranhou o *cidadão*, mas de si para si pensou que o comendador dissera aquilo como poderia ter dito *ilustre*, e não deu maior importância ao cumprimento, limitando-se a responder!

— Bom dia, comendador.

— Qual comendador! Chama-me Vidal: — Já não há comendadores!

— Ora essa! Então por quê?

— A República deu cabo de todas as comendas! Acabaram-se!...

O velho Lima encarou o comendador e calou-se, receoso de não ter compreendido a pilhéria.

Passados alguns segundos, perguntou-lhe o outro:

— Como vai você com o Aristides?

— Que Aristides?

— O Silveira Lobo.

— Eu!... Onde?... Como?...

— Que diabo! Pois o Aristides não é o seu ministro? Você não é empregado de uma repartição do Ministério do Interior?...

Desta vez não ficou dentro do espírito do velho Lima a menor dúvida de que o comendador houvesse enlouquecido.

— Que estará fazendo a estas horas o Pedro II? — perguntou Vidal, passados alguns momentos. — Sonetos, naturalmente, que é do que mais se ocupa aquele tipo!

"Ora vejam", refletiu o velho Lima, "ora vejam o que é perder a razão: este homem quando estava no seu juízo era tão monarquista, tão amigo do imperador!"

Entretanto, o velho Lima indignou-se, vendo que o subdelegado de sua freguesia, sentado no trem, defronte dele, aprovava com um sorriso a perfídia do comendador.

— Uma autoridade policial! — murmurou o velho Lima.

E o comendador acrescentou:

— Eu só quero ver como o ministro brasileiro recebe o Pedro II em Lisboa; ele deve lá chegar no princípio do mês.

O velho Lima comovia-se:

— Não diz coisa com coisa, coitado!

— E a bandeira? Que me diz você da bandeira?

— Ah, sim... a bandeira... sim... — repetiu o velho Lima para o não contrariar.

— Como a prefere: com ou sem lema?

— Sem lema – respondeu o bom homem num tom de profundo pesar — ; sem lema.

— Também eu; não sei o que quer dizer bandeira com letreiro.

Como o trem se demorasse um pouco mais numa das estações, o velho Lima voltou-se para o subdelegado e disse-lhe:

— Parece que vamos ficar aqui! Está cada vez pior o serviço de Pedro II!

— Qual Pedro II! — bradou o comendador. — Isto já não é de Pedro II! Ele que se contente com os cinco mil contos!

— E vá para a casa do diabo! — acrescentou o subdelegado.

O velho Lima estava atônito. Tomou a resolução de calar-se.

Chegado à praça da Aclamação, entrou num bonde e foi até à sua secretaria sem reparar em nada nem nada ouvir que o pusesse ao corrente do que se passara.

Notou, entretanto, que um vândalo estava muito ocupado a arrancar coroas imperiais que enfeitavam o gradil do parque da Aclamação...

Ao entrar na secretaria, um servente preto e mal trajado não o cumprimentou com a costumeira humildade; limitou-se a dizer-lhe:

— Cidadão!

"Deram hoje para me chamar cidadão!", pensou o velho Lima.

Ao subir, cruzou na escada com um conhecido de velha data.

— Oh! Você por aqui! Um revolucionário numa repartição do Estado!...

O amigo cumprimentou cerimoniosamente.

"Querem ver que já é alguém!", refletiu o velho Lima.

— Amanhã parto para a Paraíba — disse o sujeito cerimonioso, estendendo-lhe as pontas dos dedos. — Como sabe, vou exercer o cargo de chefe de polícia. Lá estou ao seu dispor.

E desceu.

— Logo vi! Mas que descarado! Um republicano exaltadíssimo!...

Ao entrar na sua seção, o velho Lima reparou que haviam desaparecido os reposteiros.

— Muito bem! — disse consigo. — Foi uma boa medida suprimir os tais reposteiros pesados, agora que vamos entrar na estação calmosa.

Sentou-se e viu que tinham tirado da parede uma velha litografia[2] representando d. Pedro de Alcântara. Como na ocasião passasse um contínuo, perguntou-lhe:

— Por que tiraram da parede o retrato de sua majestade?

O contínuo respondeu num tom lentamente desdenhoso:

— Ora, cidadão, que fazia ali a figura do Pedro Banana?

— Pedro Banana! — repetiu raivoso o velho Lima.

E, sentando-se, pensou com tristeza:

"Não dou três anos para que isto seja República!"

litografia[2]: processo de reprodução gráfica de um desenho feito sobre uma placa de calcário ou de metal.

A POLÊMICA

O Romualdo tinha perdido, havia já dois ou três meses, o seu lugar de redator numa folha diária; estava sem ganhar vintém, vivendo sabe Deus com que dificuldades, a maldizer o instante em que, levado por uma quimera[1] da juventude, se lembrara de abraçar uma carreira tão incerta e precária como a do jornalismo.

Felizmente era solteiro, e o dono da "pensão" onde ele morava fornecia-lhe casa e comida a crédito, em atenção aos belos tempos em que nele tivera o mais pontual dos locatários.

Cansado de oferecer em pura perda os seus serviços literários a quanto jornal havia então no Rio de Janeiro, o Romualdo lembrou-se, um dia, de procurar ocupação no comércio, abandonando para sempre as suas veleidades de escritor público, os seus desejos de consideração e renome.

Para isso, foi ter com um negociante rico, por nome Caldas, que tinha sido seu condiscípulo no Colégio Vitório, a quem jamais ocupara, embora ele o tratasse com muita amizade e o tutelasse, quando raras vezes se encontravam na rua.

• • •

O negociante ouviu-o e disse-lhe:

— Tratarei mais tarde de arranjar um emprego que te sirva; por enquanto preciso da tua pena. Sim, da tua pena. Apareceste ao pintar! Foste a sopa que me caiu no mel! Quando entraste por aquela porta, estava eu a matutar, sem saber a quem me dirigir para prestar-me o serviço que te vou pedir. Confesso que não me tinha lembrado de ti... perdoa...

---

quimera[1]: originalmente, Quimera é o nome de um monstro da mitologia grega. Por se tratar de uma criatura fantástica, imaginária, a expressão "quimera" passou também a significar fantasia, sonho, esperança.

— Estou às tuas ordens.

— Preciso publicar amanhã, impreterivelmente, no *Jornal do Comércio*, um artigo contra o Saraiva.

— Que Saraiva?

— O da rua Direita.

— O João Fernandes Saraiva?

— Esse mesmo.

— E queres tu que seja eu quem escreva esse artigo?

— Sim. Ganharás uns cobres que não te farão mal algum.

A essa palavra "cobres", o Romualdo teve um estremeção de alegria; mas caiu em si:

— Desculpa, Caldas; bem sabes que o Saraiva é, como tu, meu amigo... como tu, foi meu companheiro de colégio...

— Quando conheceres a questão que vai ser o assunto desse artigo, não te recusarás a escrevê-lo, porque não admito que sejas mais amigo dele do que meu. Demais, nota uma coisa: não quero insultá-lo, não quero dizer nada que o fira na sua honra, quero tratá-lo com luva de pelica. Sou eu o primeiro a lastimar que uma questão de dinheiro destruísse a nossa velha amizade. Escreves o artigo?

— Mas...

— Não há mas nem meio mas! O Saraiva nunca saberá que foi escrito por ti.

— Tenho escrúpulos...

— Deixa lá os teus escrúpulos e ouve de que se trata. Presta-me toda a atenção.

E o Caldas expôs longamente ao Romualdo a queixa que tinha do Saraiva. Tratava-se de uma pequena questão comercial, de um capricho tolo que só poderia irritar um contra o outro, dois amigos que não conhecessem o que a vida tem de áspero e difícil. O artigo seria um desabafo menos do brio que da vaidade, e, escrevendo-o, qualquer pena hábil poderia, efetivamente, evitar uma injúria grave.

O Romualdo, que havia muito tempo não pegava numa nota de cinco mil-réis, e apanhara, na véspera, uma descompostura da lavadeira, cedeu, afinal, às tentadoras instâncias do amigo, e no próprio escritório deste redigiu o artigo, que o satisfez plenamente.

— Muito bem! — exclamou o Caldas, depois de três leituras consecutivas. — Se eu soubesse escrever, escreveria isto mesmo. Apanhaste perfeitamente a questão!

E, depois de um passeio à burra[2], meteu um envelope na mão do Romualdo, dizendo-lhe:

— Aparece-me daqui a dias: vou procurar o emprego que desejas. A época é difícil, mas há de se arranjar.

O Romualdo saiu, e, ao dobrar a primeira esquina, abriu sofregamente o envelope: havia dentro uma nota de cem mil-réis! Exultou! Parecia-lhe ter tirado a sorte grande!

Na manhã seguinte, o ex-jornalista pediu ao dono da "pensão" que lhe emprestasse o *Jornal do Comércio*, e viu a sua prosa "Eu e o sr. João Fernandes Saraiva" assinada pelo Caldas; sentiu alguma coisa que se assemelhava ao remorso, o mal-estar que acomete o espírito e se reflete no corpo do homem todas as vezes que este pratica um ato inconfessável, e aquilo era uma quase traição. Entretanto, almoçou com apetite.

À sobremesa entrou na sala de jantar um menino, que lhe trazia uma carta em cujo sobrescrito se lia a palavra "urgente".

Ele abriu-a e leu:

"Romualdo. — Preciso falar-lhe com a maior urgência. Peço-lhe que dê um pulo ao nosso escritório hoje mesmo, logo que possa. Recado do — João Fernandes Saraiva".

Este bilhete inquietou o ex-jornalista.

Com certeza, pensou ele, o Saraiva soube que fui eu o autor do artigo. Naturalmente alguém me viu entrar em casa

***burra*[2]**: caixa onde se guardavam valores e dinheiro.

do Caldas, demorar-me no escritório... desconfiou da coisa e foi dizer-lhe... Mas para que me chamará ele?

O seu desejo era não acudir ao chamado; alegar que estava doente, ou não alegar coisa alguma, e lá não ir; mas o menino de pé, junto à mesa do almoço, esperava a resposta... Era impossível fugir!

— Diga ao seu patrão que daqui a pouco lá estarei.

O menino foi-se.

O Romualdo acabou a sobremesa, tomou o café, saiu, e dirigiu-se ao escritório do Saraiva, receoso de que este o recebesse com duas pedras na mão.

• • •

Foi o contrário. O amigo recebeu-o de braços abertos, dizendo-lhe:

— Obrigado por teres vindo! Estava com medo de que o pequeno não te encontrasse! Vem cá!

E levou-o para um compartimento reservado.

— Leste o *Jornal do Comércio* de hoje?

— Não — mentiu prontamente o Romualdo. — Raramente leio o *Jornal do Comércio.*

— Aqui o tens; vê que descompostura me passou o Caldas!

O Romualdo fingiu que leu.

— Isso que aí está é uma borracheira, mas não é escrito por ele! — bradou o Saraiva. — Aquilo é uma besta que não sabe pegar na pena senão para assinar o nome!

— O artigo não está mau... Tem até estilo...

— Preciso responder!

— Eu, no teu caso, não respondia...

— Assim não penso. Preciso responder amanhã mesmo no próprio *Jornal do Comércio* e, se te chamei, foi para pedir- -te que escrevas a resposta.

— Eu?...

— Tu, sim! Eu podia escrever mas... que queres?... Estou fora de mim!...

— Bem sabes – gaguejou o Romualdo – que sou amigo do Caldas. Não me fica bem...

— Não te fica bem, por quê? Ele com certeza não é mais teu amigo que eu! Depois, não é intenção minha injuriá-lo; quero apenas dar-lhe o troco!

No íntimo o Romualdo estava satisfeito, por ver naquele segundo artigo um meio de atenuar, ou, se quiserem, de equilibrar o seu remorso.

Ainda mastigou umas escusas, mas o outro insistiu:

— Por amor de Deus não te recuses a este obséquio tão natural de um homem que vive da pena! Tu estás desempregado, precisas ganhar alguma coisa...

O Romualdo cedeu a este último argumento, e, depois de convenientemente instruído pelo Saraiva sobre a resposta que devia dar, pegou na pena e escreveu ali mesmo o artigo.

Reproduziu-se então a cena da véspera, com mudança apenas de um personagem. O Saraiva, depois de ler e reler o artigo, exclamou: — Bravo! Não poderia sair melhor! — e, tirando da algibeira um maço de dinheiro, escolheu uma nota de duzentos mil-réis e entregou-a ao prosador.

— Oh! Isto é muito, Saraiva!

— Qual muito! Estás a tocar leques por bandurra; é justo que te pague bem!

— Obrigado: mas olha... recomendo-te que mandes copiar o artigo, porque no *Jornal* pode haver alguém que conheça a minha letra.

— Copiá-lo-ei eu mesmo.

— Adeus.

— Adeus. Se o Caldas treplicar, aparece-me!

— Está dito.

No dia seguinte, o Caldas entrou muito cedo no quarto do Romualdo, com o *Jornal do Comércio* na mão.

— O bruto replicou! Vais escrever-me a tréplica!

E batendo com as costas da mão no jornal:

— Isto não é dele... Aquilo é incapaz de traçar duas linhas sem quatro asneiras... mas, ainda assim, quem escreveu por ele está longe de ter o teu estilo, a tua graça... Anda! Escreve!...

E o Romualdo escreveu...

• • •

Durante um mês teve ele a habilidade de alimentar a polêmica, provocando a réplica, para que não estancasse tão cedo a fonte de receita que encontrara. Para isso fazia insinuações vagas, mas pérfidas, e depois, em conversa ora com um, ora com outro,t era o primeiro a aconselhar a retaliação e o esforço.

Tanto o Caldas como o Saraiva se mostraram cada vez mais generosos, e o Romualdo nunca em dias de sua vida se viu com tanto dinheiro. Ambos os contendores lhe diziam:

— Escreve! Escreve! Eu quero ser o último!

• • •

Por fim, vendo que a questão se eternizava, e de um momento para o outro a sua duplicidade podia ser descoberta, o Romualdo foi gradualmente adoçando o tom dos artigos, fazendo, por sua própria conta, concessões recíprocas, lembrando a velha amizade, e com tanto engenho se houve, que os dois contendores se reconciliaram, acabando amigos e arrependidos de terem dito um ao outro coisas desagradáveis em letra de forma.

E o público admirou essa polêmica, em que dois homens discutiam com estilos tão semelhantes que o próprio estilo pareceu harmonizá-los.

• • •

O Caldas cumpriu a sua promessa: o Romualdo pouco depois entrou para o comércio, onde ainda hoje se acha, completamente esquecido do tempo que perdeu no jornalismo.

João Silva

Em casa do comendador Freitas, na Fábrica das Chitas, andavam todos "intrigados" com aquele flautista misterioso que, em companhia de um preto velho, taciturno e discreto, morava, havia perto de dois meses, numa casinha cujos fundos davam para os fundos da chácara.

Quando digo "todos" não digo a verdade, porque o vizinho não era completamente estranho à srta. Sara, filha única do aludido comendador. Encontrara-o algumas vezes na cidade, ora nos teatros, ora em passeio, e sempre lhe parecera que ele a olhava com certa insistência e algum interesse.

Conquanto não fosse precisamente um Adônis[1], esse desconhecido começava a impressionar o seu espírito de moça, até então despreocupado e tranquilo, quando certa manhã os sons maviosos de uma flauta atraíram a sua atenção para a casinha dos fundos, e ela reconheceu no vizinho, que, sentado num banco de ferro, sob uma velha latada de maracujás, soprava o sugestivo instrumento de Pã[2], o mesmo indivíduo cujos olhares a perseguiam na rua ou no teatro.

Dizer que esse encontro não produziu o romanesco efeito com que naturalmente contava o melômano[3], seria faltar à verdade que devo aos meus leitores. Não, a srta. Sara não se contrariou com avistar ali o moço que parecia distingui-la em toda a parte onde o acaso os reunia. Não quer isto dizer que houvesse dentro dela outra coisa mais que uma sensação passageira, mas o caso é que a filha do comendador Freitas não fez a esse respeito a menor confidência a nenhuma pessoa da casa, e esta reserva era, talvez, o prenúncio de um sentimento mais decisivo.

Adônis[1]: deus da mitologia grega que representava a beleza masculina; portanto, refere-se a qualquer homem belo.
Pã[2]: deus dos pastores da mitologia grega que tocava uma flauta, com a qual era sempre representado.
melômano[3]: que tem mania por música, que adora música.

Todavia, todos em casa, amos e criados, se preocupavam muito com o inquilino da casinha dos fundos.

A coisa não era para menos. O rapaz (era ainda um rapaz: poderia ter 30 anos) erguia-se muito cedo e punha-se a jardinar, plantando, enxertando, podando, regando, e gastava nisso duas horas. Quando ele foi ali residir, o quintal estava abandonado, o mato invadira e destruíra tudo, poupando apenas a latada de maracujás. Pouco a pouco, sozinho, sem o auxílio de ninguém, trabalhando das seis às oito horas da manhã, ele havia ajardinado o terreno, onde já se ostentavam lindíssimas flores.

Às nove horas, o preto velho, que provavelmente acumulava as funções de criado de quarto, copeiro e cozinheiro, vinha chamá-lo para almoçar. Depois do almoço ele saía, esperava o bonde à esquina, sempre o mesmo bonde, e lá ia para a cidade. Voltava às quatro horas, jantava, depois de jantar acendia um charuto e passeava no quintal, examinando as plantas, que umas vezes regava e outras não. Ao cair da tarde pegava na flauta e saudava o crepúsculo com as suas músicas tristes e saudosas. Depois vinham as trevas da noite, e ninguém mais o via senão no dia seguinte, de manhã muito cedo, recomeçando a existência da véspera.

Nada houvera de notar, se um dia ou outro sofresse qualquer modificação aquele gênero de vida, mas não! Aquilo passava-se diariamente com uma uniformidade cronométrica, e toda a gente em casa do comendador Freitas perdia-se em conjeturas.

O que havia de mais singular na existência daquele moço era, talvez, o fato de ele não receber visitas nem as fazer. Naquela idade isso era inexplicável.

O comendador tinha-o na conta de um misantropo[4], enfezado contra a sociedade; na opinião de d. Andreza, sua esposa, era um viúvo inconsolável. D. Irene, irmã de d. Andreza, tinha, como em geral as solteironas, o mau vezo de dizer mal de todos,

misantropo[4]: aquele que gosta de isolamento e não tem vida social, que evita conviver com as pessoas.

conhecidos e desconhecidos; por isso afirmava que o vizinho era um bilontra[5], que se escondia ali para escapar aos credores. Tinha cada qual a sua opinião, e divergiam todos uns dos outros.

O copeiro quis certificar-se da verdade interrogando o preto velho, mas este a todas as perguntas respondia invariavelmente que não sabia de nada. A dar-lhe crédito, ele ignorava até o nome do patrão.

• • •

Entretanto, de olhadela em olhadela, de sorriso em sorriso, tinha-se estabelecido, aos poucos, um namoro em regra entre o flautista e a filha do comendador Freitas.

Da janela do seu quarto, a srta. Sara podia namorá-lo, sem ser vista por ninguém, sem que ninguém o suspeitasse, nem mesmo d. Irene, que via mosquitos na lua.

Naturalmente a moça ardia em desejos de verificar a identidade do vizinho, e não tardou que o fizesse. Uma tarde, quando os olhares e os sorrisos dela já se haviam longamente familiarizado com os dele, o solitário, depois de modular na flauta uma enternecedora melopeia[6], mostrou à srta. Sara um objeto que tinha na mão, e atirou-o por cima do muro na chácara. Era uma pedra, envolta num pedaço de papel, em que vinha uma declaração de amor redigida em termos respeitosos.

A moça, que não era avoada, hesitou longos dias se devia ou não responder, mas respondeu afinal, servindo-se da mesma pedra.

E durante muito tempo andou a pedra de cá para lá, de lá para cá, da chácara para o quintal, do quintal para a chácara, aproximando um do outro aqueles dois corações separados por um muro.

bilontra[5]: aquele que age sem honestidade; espertalhão.
melopeia[6]: cantiga de melodia simples.

• • •

45

Por um muro? Não! Por uma invencível muralha!

O namorado chamava-se João Silva, como toda a gente! Não tinha parentes nem aderentes; era um empregado público paupérrimo, ganhando muito pouco; ainda assim, pediria imediatamente a mão da srta. Sara, se esta se sujeitasse a viver tão pobremente. Sabia a moça que o pai era ambicioso, desejava que ela se casasse com algum negociante em boas condições de fortuna ou pelo menos bem encaminhado, e participou a João Silva os seus receios.

• • •

Um velho amigo do comendador, o comandante Pedroso, oficial de Marinha reformado, padrinho de batismo da srta. Sara, infalível aos domingos na Fábrica das Chitas, havia se comprometido com a família Freitas a indagar e descobrir quem era o flautista.

Por esse tempo, o comandante apareceu em casa dos compadres, levando as mais completas informações acerca do misterioso vizinho, informações que concordavam inteiramente com o que já sabia a srta. Sara.

— É empregadinho da Alfândega — disse o comandante com ar desdenhoso —; não tem onde cair morto!

Mas acrescentou:

— Um esquisitão, muito metido consigo; entretanto, não é mau rapaz nem mau funcionário.

Essas informações fizeram com que dali por diante o vizinho deixasse de ser objeto de curiosidade, o que facilitou extraordinariamente os seus amores, prosseguindo estes com tanta intensidade, que a srta. Sara, aconselhada por João Silva, resolveu dizer tudo à mãe.

D. Andreza, que desejava ser sogra de um príncipe, caiu das nuvens, zangou-se, bateu o pé, chorou, quis ter um ataque

de nervos, e intimou a filha a acabar com "essa pouca-
-vergonha", pois do contrário o pai mandaria dar uma tunda
de pau no tal patife!

D. Irene, a quem d. Andreza transmitiu a confidência
que recebera, ficou furiosa, e aconselhou a irmã que contasse
ao marido. A outra assim fez.

O comendador Freitas, para quem a vida de família correra
até então sem o menor incidente desagradável, e que não estava,
portanto, preparado para essa crise doméstica, perdeu a cabeça
e deu por paus e por pedras. Em vez de chamar a filha e admoestá-
-la brandamente, fazendo-lhe ver que futuro a esperava em
companhia de um homem sem recursos para mantê-la
dignamente, esbravejou como um possesso, mandou fechar a
pregos a janela do quarto da rapariga, ameaçou e insultou em
altos brados o rapaz, que lhe não respondeu, e levou a toleima
ao ponto de ir à delegacia queixar-se que lhe namoravam a
filha! Foi um escândalo com que se regalou a vizinhança.

Esse tratamento desabrido fez com que despertassem
na srta. Sara instintos de revolta, e aquele inocente capricho,
que o carinho paterno poderia destruir, transformou-se em
paixão indômita – tão violenta que a moça adoeceu.

Aproveitando o pretexto dessa doença, o pai levou-a
para Jacarepaguá, onde alugou um sítio.

• • •

Foi em Jacarepaguá que o comandante Pedroso,
aparecendo um belo domingo em que a convalescente devia
fugir de casa, pois o João Silva, por artes do diabo, que só
lembram aos namorados, achou meios e modos de se
comunicar com ela – foi em Jacarepaguá, dizíamos, que o
comandante Pedroso deu parte ao compadre que tinha
arranjado para a afilhada um casamento de truz[7]: o Pedro

***de truz*[7]:** magnífico, excelente.

Linhares, herdeiro de um dos agricultores mais abastados de São Paulo. O rapaz voltara da Europa e vira, num teatro, a srta. Freitas. Sabendo que ele, comandante, era padrinho da moça, procurara-o para pedir-lhe que o apresentasse à família.

— Esse casamento seria uma felicidade — disse o comendador —, mas, infelizmente, a pequena continua apaixonada pelo flautista; não há meio de lho tirar da cabeça!

— Qual não há meio nem qual carapuça! Você vai logo às do cabo e quer levar tudo à valentona! Deixe-me falar com ela... verá como a decido a aceitar o paulista!

— Você!...

— Eu, sim!

— Duvido!

— Não custa nada experimentar. Oh, Sarita, vem cá, minha filha! Vamos aí à sala que te quero dar uma palavra!

E voltando-se para os compadres:

— Façam favor de não interromper a nossa conferência!

• • •

O padrinho fechou-se na sala com a afilhada, e tão persuasivo foi, que um quarto de hora depois – um quarto de hora apenas! – saíram ambos muito contentes. A srta. Sara parecia outra!

A estupefação foi geral.

— Conseguiste alguma coisa? — perguntou o pai ao padrinho.

— Consegui tudo. Agora peço-te licença para ir buscar o Pedro Linhares, que ficou esperando na estrada.

O comandante saiu e voltou logo com o rico paulista, que o esperava na cancela, à entrada do sítio.

Imaginem qual foi a surpresa da família vendo João Silva, o flautista!

O comendador começou a esbravejar, conforme o seu costume – d. Andreza e d. Irene caíram sentadas no canapé, dispondo-se a ter cada uma o seu ataque de nervos; mas o comandante serenou os ânimos, gritando com toda a força dos seus pulmões:

— Este é o sr. Pedro Linhares!

Houve um silêncio tumular, que o recém-chegado cortou com estas palavras:

— Senhor comendador, minhas senhoras, vou explicar-lhes tudo. Quando cheguei da Europa fiquei perdido de amores por d. Sarita desde o primeiro dia em que a vi, mas como sou muito rico, e muito desejado, entendi dever conquistá-la por mim, e não pelos meus contos de réis. Por isso, e de combinação com o meu amigo aqui presente...

E apontou para o comandante, que sorriu.

— ... me fiz passar por um pobretão, representando uma comédia cujo desenlace foi o mais feliz que podia ser. Hoje que, a despeito da vigilância paterna, d. Sarita deveria fugir deste sítio em companhia de João Silva, Pedro Linhares, tendo a certeza de que é amado, deixa o seu incógnito e vem pedi-la em casamento.

• • •

A moralidade do conto é consoladora para os pobres: quem tem muito dinheiro não confia em si.

P<small>LEBLISCITO</small>

A cena passa-se em 1890.

A família está toda reunida na sala de jantar.

O sr. Rodrigues palita os dentes, repimpado[1] numa cadeira de balanço. Acabou de comer como um abade.

D. Bernardina, sua esposa, está muito entretida a limpar a gaiola de um canário belga.

Os pequenos são dois, um menino e uma menina. Ela distrai-se a olhar o canário. Ele, encostado à mesa, os pés cruzados, lê com muita atenção uma das nossas folhas diárias.

Silêncio.

De repente, o menino levanta a cabeça e pergunta:

— Papai, que é plebiscito?

O sr. Rodrigues fecha os olhos imediatamente para fingir que dorme.

O pequeno insiste:

— Papai?

Pausa.

— Papai?

D. Bernardina intervém:

— Ó seu Rodrigues, Manduca está lhe chamando. Não durma depois do jantar que lhe faz mal.

O sr. Rodrigues não tem remédio senão abrir os olhos.

— Que é? Que desejam vocês?

— Eu queria que papai me dissesse o que é plebiscito.

— Ora essa, rapaz! Então tu vais fazer 12 anos e não sabes ainda o que é plebiscito?

repimpado[1]: que comeu muito, empanturrado.

— Se soubesse não perguntava.

O sr. Rodrigues volta-se para d. Bernardina, que continua muito ocupada com a gaiola:

— Ó senhora, o pequeno não sabe o que é plebiscito!

— Não admira que ele não saiba, porque eu também não sei.

— Que me diz?! Pois a senhora não sabe o que é plebiscito?

— Nem eu nem você; aqui em casa ninguém sabe o que é plebiscito.

— Ninguém, alto lá! Creio que tenho dado provas de não ser nenhum ignorante!

— A sua cara não me engana. Você é muito prosa. Vamos: se sabe, diga o que é plebiscito! Então? A gente está esperando! Diga!...

— A senhora o que quer é enfezar-me!

— Mas, homem de Deus, para que você não há de confessar que não sabe? Não é nenhuma vergonha ignorar qualquer palavra. Já outro dia foi a mesma coisa quando Manduca lhe perguntou o que era proletário. Você falou, e o menino ficou sem saber!

— Proletário — acudiu o sr. Rodrigues — é o cidadão pobre que vive do trabalho mal remunerado.

— Sim, agora sabe porque foi ao dicionário; mas dou-lhe um doce, se me disser o que é plebiscito sem se arredar dessa cadeira!

— Que gostinho tem a senhora em tornar-me ridículo na presença destas crianças!

— Oh! ridículo é você mesmo quem se faz. Seria tão simples dizer: — Não sei, Manduca, não sei o que é plebiscito; vai buscar o dicionário, meu filho.

O sr. Rodrigues ergue-se de um ímpeto e brada:

— Mas se eu sei!

— Pois se sabe, diga!

— Não digo para não me humilhar diante de meus filhos! Não dou o braço a torcer! Quero conservar a força moral que devo ter nesta casa! Vá para o diabo!

E o sr. Rodrigues, exasperadíssimo[2], nervoso, deixa a sala de jantar e vai para o seu quarto, batendo violentamente a porta.

No quarto havia o que ele mais precisava naquela ocasião: algumas gotas de água de flor de laranja e um dicionário...

A menina toma a palavra:

— Coitado de papai! Zangou-se logo depois do jantar! Dizem que é tão perigoso!

— Não fosse tolo — observa d. Bernardina — e confessasse francamente que não sabia o que é plebiscito!

— Pois — acode Manduca, muito pesaroso por ter sido o causador involuntário de toda aquela discussão —; pois sim, mamãe, chame papai e façam as pazes.

— Sim! Sim! Façam as pazes! — diz a menina em tom meigo e suplicante. — Que tolice! Duas pessoas que se estimam tanto zangarem-se por causa do plebiscito!

D. Bernardina dá um beijo na filha e vai bater à porta do quarto:

— Seu Rodrigues, venha sentar-se; não vale a pena zangar-se por tão pouco.

O negociante esperava a deixa. A porta abre-se imediatamente. Ele entra, atravessa a casa e vai sentar-se na cadeira de balanço.

— É boa! — brada o sr. Rodrigues depois de largo silêncio —; é muito boa! Eu! Eu ignorar a significação da palavra *plebiscito*! Eu!...

A mulher e os filhos aproximam-se dele.

O homem continua num tom profundamente dogmático[3]:

– Plebiscito...

***exasperadíssimo*[2]:** muito exaltado ou irritado.
***dogmático*[3]:** no texto, é usado com o sentido de "pedante", "doutoral", "professoral".

E olha para todos os lados a ver se há por ali mais alguém que possa aproveitar a lição.

— Plebiscito é uma lei decretada pelo povo romano, estabelecido em comícios.

— Ah! — suspiram todos, aliviados.

— Uma lei romana, percebem? E querem introduzi-la no Brasil! É mais um estrangeirismo[4]!...

estrangeirismo[4]: influência cultural de costumes de uma nação sobre outra. No caso, não há de fato um estrangeirismo, pois os plebiscitos, surgidos na Roma antiga, tornaram-se um patrimônio de todos os regimes democráticos do passado ou do presente de qualquer nação.

Uma embaixada

Minervino ouviu um toque de campainha, levantou-se do canapé, atirou para o lado o livro que estava lendo e foi abrir a porta ao seu amigo Salema.

— Entra. Estava ansioso.
— Vim, mal recebi o teu bilhete. Que desejas de mim?
— Um grande serviço!
— Oh, diabo! Trata-se de algum duelo?
— Trata-se simplesmente de amor. Senta-te.

Sentaram-se ambos.

• • •

Eram dois rapagões de 25 anos, oficiais da mesma secretaria do Estado; dois colegas, dois companheiros, dois amigos, entre os quais nunca houvera a menor divergência de opiniões ou sentimentos. Estimavam-se muito, estimavam-se deveras.

• • •

— Mandei-te chamar — continuou Minervino — porque aqui podemos falar mais à vontade; lá em tua casa seríamos interrompidos por teus sobrinhos. Ter-me-ia guardado para amanhã, na secretaria, se não se tratasse de uma coisa inadiável. Há de ser hoje por força!
— Estou às tuas ordens.
— Bom. Lembras-te de um dia ter te falado de uma viúva bonita, minha vizinha, por quem andava muito apaixonado?

— Sim, lembro-me. Um namoro...

— Namoro que se converteu em amor, amor que se transformou em paixão!

— Quê? Tu estás apaixonado?!...

— Apaixonadíssimo... E é preciso acabar com isto!

— De que modo?

— Casando-me; és tu que hás de pedi-la!

— Eu?!...

— Sim, meu amigo. Bem sabes como sou tímido... Apenas me atrevo a fixá-la durante alguns momentos, quando chego à janela, ou a cumprimentá-la, quando entro ou saio. Se eu mesmo fosse falar-lhe, era capaz de não articular as palavras. Lembras-te daquela ocasião em que fui pedir ao ministro que me nomeasse para a vaga do Florêncio? Pus-me a tremer diante dele, e a muito custo consegui expor o que desejava. E quando o ministro me disse: – Vá descansado, hei de fazer justiça – eu respondi-lhe: – Vossa excelência, se me nomear, não chove no molhado! – Ora, se sou assim com os ministros, que fará com as viúvas!

— Mas tu a conheces?

— Estou perfeitamente informado: é uma senhora digna e respeitável, viúva do senhor Perkins, negociante americano. Mora ali defronte, no número 37. Peço-te que a procures imediatamente e lhe faças o pedido de minha parte. És tão desembaraçado como eu sou tímido; estou certo que serás bem-sucedido. Dize-lhe de mim o melhor que puderes dizer; advoga a minha causa com a tua eloquência[1] habitual, e a gratidão do teu amigo será eterna.

— Mas que diabo! – observou Salema. – Isto não é sangria desatada! Por que há de ser hoje e não outro dia? Não vim preparado!

— Não pode deixar de ser hoje. A viúva Perkins vai amanhã para a fazenda da irmã, perto de Vassouras, e eu não queria que partisse sem deixar lavrada a minha sentença.

eloquência[1]: capacidade de falar e expressar-se bem.

— Mas, se lhe não falas, como sabes que ela vai partir?

— Ah! Como todos os namorados, tenho a minha polícia... Mas vai, vai, não te demores; ela está em casa e está sozinha; mora com um irmão empregado no comércio, mas o irmão saiu... Deve estar também em casa a dama de companhia, uma americana velha, que naturalmente não aparecerá na sala, nem estorvará a conversa.

E Minervino empurrava Salema para a porta, repetindo sempre:

— Vai! Vai! Não te demores!

• • •

Salema saiu, atravessou a rua e entrou em casa da viúva Perkins.

No corredor pôs-se a pensar na esquisitice da embaixada que o amigo lhe confiara.

— Que diabo! — refletiu ele. — Não sei quem é esta senhora; vou falar-lhe pela primeira vez... Não seria mais natural que o Minervino procurasse alguém que a conhecesse e o apresentasse?... Mas, ora adeus!... Eles namoram-se; é de esperar que o embaixador seja recebido de braços abertos.

Alguns minutos depois, Salema achava-se na sala da viúva Perkins, uma sala mobiliada sem luxo, mas com certo gosto, cheia de quadros e outros objetos de arte. Na parede, por cima do divã de repes[2], o retrato de um homem novo ainda, muito louro, barbado, de olhos azuis, lânguidos e tristes. Provavelmente o americano defunto.

Salema esperou uns dez minutos.

Quando a viúva Perkins entrou na sala, ele agarrou-se a um móvel para não cair; paralisaram-se-lhe os movimentos, e não pôde reter uma exclamação de surpresa.

divã de repes[2]: tecido próprio para estofamentos, com relevos transversais.

• • •

Era ela! Ela!... A misteriosa mulher que encontrara, havia muitos meses, num bonde das Laranjeiras, e meigamente lhe sorrira, e o impressionara tanto, e desaparecera, deixando-lhe no coração um sentimento indizível, que nunca soubera classificar direito.

Durante muitos dias e muitas noites a imagem daquela mulher perseguiu-o obstinadamente, e ele debalde procurou tornar a vê-la nos bondes, na rua do Ouvidor, nos teatros, nos bailes, nos passeios, nas festas. Debalde!...

• • •

— Oh! — disse a viúva, estendendo-lhe a mão muito naturalmente, como se fizesse a um velho amigo. — Era o senhor?

— Conhece-me? — balbuciou Salema.

— Ora essa! Que mulher poderia esquecer-se de um homem a quem sorriu? Quando aquele dia nos encontramos no bonde das Laranjeiras, já eu o conhecia. Tinha-o visto uma noite no teatro e, não sei por quê... por simpatia, creio... perguntei quem o senhor era, não me lembro a quem... Lembra-me que o puseram nas nuvens. Por que nunca mais tornei a vê-lo?

Diante do desembaraço da viúva Perkins, Salema sentiu-se ainda mais tímido que Minervino – mas cobrou ânimo e respondeu:

— Não foi porque não a procurasse por toda a parte...

— Não sabia onde eu morava?

— Não; supus que nas Laranjeiras. Via-a entrar naquele sobrado... e debalde passei por lá um milhão de vezes, na esperança de tornar a vê-la.

— Era impossível; aquela é a casa de minha irmã; só se abre quando ela vem da fazenda. O sobrado está fechado há oito meses. Mas sente-se... aqui... mais perto de mim... Sente-se e diga o motivo da sua visita.

De repente, e só então, Salema lembrou-se do Minervino.

— O motivo de minha visita é muito delicado; eu...

— Fale! Diga sem rebuço[3] o que deseja! Seja franco! Imite-me!... Não vê como sou desembaraçada? Fui educada por meu marido...

E apontou para o retrato.

— Era americano; educou-me à americana. Não há, creia, não há educação como esta para salvaguardar uma senhora. Vamos, fale!...

— Minha senhora, eu sou...

Ela interrompeu:

— É o sr. Nuno Salema, órfão, solteiro, empregado público, literato nas horas vagas, que vem pedir a minha mão em casamento.

Ela estendeu-lhe a mão, que ele apertou.

— É sua! Sou a viúva Perkins, honesta como a mais honesta senhora das suas ações, e quase rica. Não tenho filho nem outros parentes por meu marido, e uma irmã fazendeira, igualmente viúva. Não percamos tempo!

Salema quis dizer alguma coisa, ela não o deixou falar.

— Amanhã parto para a fazenda da minha irmã. Venha comigo, à americana, para lhe ser apresentado.

Nisto entrou na sala, vindo da rua apressado, o irmão da viúva Perkins, um moço de 20 anos, muito correto, muito bem trajado.

— Mano, apresento-lhe o sr. Nuno Salema, meu noivo.

O rapaz inclinou-se, apertou fortemente a mão do futuro cunhado, e disse:

— *All right!...*

Depois inclinou-se de novo e saiu da sala, sempre apressado.

sem rebuço[3]: francamente, abertamente.

— Mas, minha senhora — tartamudeou[4] o noivo muito confundido —, imagine que o meu colega Minervino, que mora ali defronte...

A viúva aproximou-se da janela. Minervino estava na dele, defronte, e, assim que a viu deu um pulo para trás e sumiu-se.

— Ah! Aquele moço?... Coitado! Não posso deixar de sorrir quando olho para ele... É tão ridículo com o seu namoro à brasileira!...

— Mas... ele... tinha-me encarregado de pedi-la em casamento, e eu entrei aqui sem saber quem vinha encontrar...

— Deveras?! — exclamou a viúva Perkins.

E ei-la acometida de um ataque de riso:

— Ah! Ah! Ah! Ah! Ah!...

E deixou-se cair no divã:

— Ah! Ah! Ah! Ah! Ah!...

Salema aproximou-se da viúva, tomou-lhe as mãozinhas, beijou-as e perguntou:

— Que hei de dizer ao meu amigo?

Ela ficou muito séria, e respondeu:

— Diga-lhe que quem tem boca não manda soprar.

tartamudear[4]: falar com dificuldade, com tremor na voz; gaguejar.

Paixão pelo teatro

Artur Nabantino Gonçalves de Azevedo nasceu em São Luís (MA), a 7 de junho de 1855, filho de Emília Amália Pinto de Magalhães e David Gonçalves de Azevedo, vice-cônsul de Portugal no Maranhão. Ela abandonara um casamento forçado para viver com David, a quem amava – ato bastante ousado para aquela época. O casal teve cinco filhos, dos quais, além de Artur, mais outro se dedicou ao jornalismo e às letras: Aluísio Azevedo, o célebre autor de *O cortiço*, um dos mais expressivos romances da literatura brasileira.

Retrato de Artur Azevedo em 1873.

Aos oito anos, Artur Azevedo já demonstrava sua vocação para o teatro, brincando de encenar peças com outros meninos da sua idade. Poucos anos depois, já escrevia ele mesmo os textos a representar, fazendo adaptações e paródias de peças conhecidas. Começou a trabalhar cedo, aos 13 anos, como vendedor, numa casa comercial de sua cidade. Aos 15 anos, já havia publicado um livro de versos satíricos, bem como encenado sua primeira peça cômica, *Amor por anexins*, que fez muito sucesso, e foi encenada cerca de mil vezes nas últimas décadas do século XIX.

Entretanto, o êxito no teatro ou na literatura não era suficiente para garantir o sustento de um escritor no Brasil daqueles tempos. Podia ajudar, mas não era o bastante.

Por isso, assim como outros escritores brasileiros, Artur Azevedo prestou concurso para o funcionalismo público. Como escriturário, transferiu-se, em 1873, para o Rio de Janeiro, onde foi nomeado para trabalhar no Ministério da Agricultura, Viação e Obras Públicas.

Estabeleceu-se definitivamente na cidade que sediou a Corte, durante o Império, e que se tornou a capital federal, em 1889, com a Proclamação da República. Casou-se duas vezes, sendo do segundo casamento os quatro filhos que teve. Para sustentar a família, além do trabalho no Ministério, desenvolveu intensa atividade como jornalista: colaborou em diversos jornais e revistas, de alguns dos quais foi o fundador. Entre outros pelos quais passou, podem ser citados: *Diário do Rio de Janeiro*, *Gazeta da Tarde*, *Diário de Notícias*, *O País*, *O Dia*, *Correio da Manhã*, *A Vespa*, *O Mequetrefe*, *Revista Brasileira*, *Revista do Teatro* etc. Ao escrever para as colunas dos jornais – muitas vezes utilizando pseudônimos como Elói, o herói; Gavroche; Frivolino; Juvenal e outros –, tornou-se um dos nomes de maior popularidade na imprensa nacional.

Nas redações da imprensa e nas repartições públicas, Artur Azevedo conheceu os principais intelectuais brasileiros do fim do século XIX, início do XX: Machado de Assis, Araripe Júnior, Raul Pompeia, Olavo Bilac e Coelho Neto. Também participou da campanha abolicionista, que arrebatou grande parte da sociedade brasileira, a partir da década de 1870.

Artur Azevedo (sentado) e o irmão Américo Azevedo (também dramaturgo) no Rio de Janeiro, 1875.

Artur Azevedo vestindo o colete de Gavroche (personagem da obra *Os miseráveis*, de Victor Hugo). Charge de Julião Machado em *A Bruxa*, nº 21, 26 de julho de 1896.

Todavia, era o teatro a sua maior paixão, como se pode depreender de suas próprias palavras: "Quando eu morrer, não deixarei meu pobre nome ligado a nenhum livro, ninguém citará um verso meu, uma frase que saísse do meu cérebro; mas com certeza hão de dizer: 'Ele amava o teatro', e este epitáfio é bastante, creiam, para a minha bem-aventurança eterna".

Artur Azevedo "vendendo seu peixe" em *O Badejo*. Charge de Julião Machado em *O Mercúrio*, 17 de outubro de 1898.

Sábato Magaldi, grande estudioso do teatro brasileiro, lembra de antemão que o trabalho teatral de Artur Azevedo "não se reduz à sua faceta de autor", mas ao fato de ele ter sido um "admirável animador do movimento cênico", "um dos maiores batalhadores do nosso teatro". Mesmo assim, como autor, tradutor e/ou adaptador, em apenas 53 anos de existência, escreveu cerca de 200 peças. Algumas mais famosas são: *O bilontra*; *O mandarim*; *Cocota*; *A joia*; *Almanjarra*; *O badejo*; *O dote*; *O oráculo*. Ao **gênero cômico**, ligeiro e popular, pertence a esmagadora maioria de sua obra, se não toda ela. Escreveu comédias, farsas, paródias, burletas e bambochatas.

O mais divertido dos gêneros

Fazer o público rir. Esse é um dos objetivos principais do gênero cômico, no teatro e na literatura. Enquadram-se no gênero cômico, entre outros, a *sátira* (crítica jocosa, gozadora, a algo ou alguém), a *paródia* (imitação que ridiculariza uma obra literária ou teatral), a *farsa* (peça cômica curta, em um único ato), o *entremez* ou *entreato* (pequena farsa, muito breve, a ponto de ser representada no intervalo entre os atos de uma peça maior) e a *bambochata* (que apresenta cenas populares, de maneira caricatural, acentuando seus aspectos grotescos e ridículos). Artur Azevedo escreveu particularmente *burletas*, ou seja, comédias ligeiras e populares, com trechos musicados. Trata-se de um tipo de peça teatral que se originou na Itália, no século XVI.

Aos que o acusaram de não produzir uma obra teatral "séria", respondeu com as seguintes palavras:

"Prevenido contra esses maldosos, que andam a descobrir nos outros imaginários pecados, venho dizer aos meus leitores que amo e respeito profundamente a arte em todas as suas manifestações.

"Também fui moço e também tive o meu ideal artístico ao experimentar a pena; mas um belo dia, por força das circunstâncias, escrevi para ganhar a vida, e daí por diante adeus ideal!

"Quando descobri que no bico daquela pena havia um pouco de pão para a minha prole, tornou-se ela para mim um simples utensílio de trabalho que trato de utilizar em proveito meu e de quem me recompensa".

Vale observar que, ao se definir como autor, Artur Azevedo, implicitamente, define o público a quem sua obra se dirige. Aliás, ele tem plena consciência disso, como dá mostra no seguinte depoimento:

"Desde que pela primeira vez me aventurei a rabiscar nos jornais, observei que a massa geral dos leitores se dividia em dois grupos distintos: um muito pequenino, muito reduzido, de pessoas instruídas ou ilustradas, que procuravam em tudo quanto liam gostoso pasto para seus sentimentos estéticos, e o outro numeroso, formidável, compacto, de homens do trabalho, que iam buscar na leitura dos jornais um derivativo para o cansaço do corpo, e exigiam que não lhes falassem senão em linguagem simples, que eles compreendessem.

"Tendo que escolher os meus leitores entre esses dois grupos, naturalmente escolhi os do segundo, e desde então fui assaltado pela preocupação de lhes agradar, escrevendo de modo que eles me entendessem e não se arrependessem de me haver lido".

Em outras palavras, como autor profissional, Artur Azevedo oferecia ao público o que este procurava ou queria. Isso, na verdade, define algumas características de sua obra, mas não lhe tira obrigatoriamente os méritos. Como disse o próprio Sábato Magaldi num breve estudo sobre a obra de Artur Azevedo: "A ideia do 'teatro sério' vive a ofuscar a simpatia e a compreensão pelas obras ligeiras, como se elas, na transparência das intenções, não pudessem guardar outras e importantes virtudes".

Quais seriam essas virtudes, segundo Magaldi?

"Cabe valorizar, antes de mais nada, sua teatralidade. Teve ele o dom de falar diretamente à plateia, isento de delongas ou considerações estéticas. Juntando duas ou três falas, põe de pé, com economia e clareza, uma cena viva. Simples, fluente, natural, suas peças escorrem da primeira à última linha, sem que o espectador se deixe levar pelo bocejo. A dinâmica dos textos nunca se prejudica por retardamentos explicativos. O ritmo ágil engole a plateia, impedida no instante de refletir."

Todo o potencial dessas virtudes de Artur Azevedo se manifesta especialmente em suas duas obras-primas: *A capital federal*, de 1897, e *O mambembe*, de 1904. A primeira faz um retrato bem-humorado do Rio de Janeiro de seu tempo, para onde segue uma família caipira do interior de Minas Gerais à procura de um rapaz que pediu a filha moça em casamento e nunca mais deu notícias. Já *O mambembe*, cujo título significa propriamente uma companhia teatral ambulante, registra o dia a dia do teatro de então, bem como os tipos humanos que o faziam. Não deixa de ser também uma declaração de amor ao teatro.

© CEDOC Fundação Teatro Municipal do Rio de Janeiro.

ARTHUR AZEVEDO FALA SOBRE "O MAMBEMBE"

CONTO que êste folhetim seja publicado antes da 1.ª representação do "Mambembe", burleta em 3 atos e 12 quadros, escrita por mim de sociedade com José Piza, acolhida com muito favor pelo atual empresário do Apolo, Sr. José Francisco de Mesquita, que prometeu pô-la em cena do melhor modo possível, e cumpriu, penso eu, a sua promessa.

Há muito tempo me preocupava a idéia de escrever essa burlêta: o "Mambembe" é um traço dos nossos costumes, que nunca foi explorado nem no teatro, nem no romance, nem na pintura, e no entanto me parecia dos mais característicos e dos mais pitorescos.

Para os leitores pouco versados em coisas de teatro, direi que mambembe é o nome, que dão a essas companhias dramáticas nômades, que, organizadas sabe Deus como, e levando um repertório eclético, percorrem as cidades, vilas, povoações e arraiais dos nossos Estados, dando espetáculos onde haja ou onde possam improvisar um teatro. O mambembe é velho como o nosso teatro: começou com Thespis, e teve poeta no grotesco Scarron, quando escreveu êsse livro imortal que se chama o Romance Cômico.

Pareceu-me que as alegrias e as amarguras, os triunfos e as contrariedades de um grupo de artistas errantes, de mistura com alguns dos nossos tipos da roça e da cidade, dariam uma peça pelo menos tão interessante como a Capital Federal, que teve a honra de ser aplaudida no estrangeiro.

Desejoso de que José Piza, autor de alguns trabalhos teatrais que revelam muita habilidade como observação de costumes, fôsse apresentado definitivamente ao público do Rio de Janeiro (e o mesmo desejo, alimento em relação a Batista Coelho), convidei-o para escrever comigo essa burleta, e devo dizer que encontrei nêle o auxiliar com que contava. Espero que a platéia lhe faça justiça.

Não me recordo se a primeira idéia do "Mambembe" me foi sugerida pelo meu amigo Brandão, o popular artista, o caso é que durante seis anos êle me incitou constantemente a esse trabalho, que não existiria de certo se não fôra a sua insistência. O próprio Brandão, sob o nome de Frazão, ficou sendo a principal figura da peça, o pião em volta do qual se movem todos os outros personagens. Estou certo de que êle encontrará nêsse personagem o melhor ensêjo de mostrar as suas grandes qualidades de artista cômico e tôda a exuberância da sua verve incomparável. Frazão é êle, êle é Frazão."

PROXIMOS ESPETACULOS

MENINOS CANTORES DO MÉXICO

Dia 13 de novembro, às 16 horas

●

"MADAME BUTTERFLY"

com

VIOLETA COELHO NETTO

e

elementos da Lirica Nacional

Artigo escrito por Artur Azevedo sobre a peça *O mambembe*.

Crônica e bom humor

Artur Azevedo em um cartaz de bicicletas. Charge de Julião Machado em *O Mercúrio*, nº 13, 1º de agosto de 1898.

A esta altura, porém, o leitor pode estar se perguntando sobre o Artur Azevedo contista, já que é esse o lado da obra do autor focalizado neste volume. Uma resposta a essa pergunta, em primeiro lugar, já se encontra na própria síntese de Sábato Magaldi para sua obra teatral. Os contos de Artur Azevedo também são marcados por fluência, simplicidade e dinamismo. Como o próprio autor reconhece num prefácio a um de seus livros de contos, os textos "foram escritos sem preocupação de psicologia nem ginástica de estilo". Sua intenção era fazer "uma simples obra recreativa".

Sobre o contista Artur Azevedo, Lúcia Miguel Pereira, importante crítica literária, diz com muita precisão:

"Observador isento dos hábitos da capital, narrou com rara graça e simplicidade os seus casos e anedotas. Os namoros, as infidelidades conjugais, as relações de família ou amizade, as cerimônias festivas ou fúnebres, tudo o que se passava nas ruas ou nas casas lhe forneceu assunto para historietas cujos protagonistas são marcadamente cariocas. A pequena comédia cotidiana foi por ele fixada em ilustrativos flagrantes".

Pelos traços apontados antes, uma questão interessante que se pode levantar sobre os contos de Artur Azevedo é o fato de eles se aproximarem de um outro gênero literário, muito desenvolvido no Brasil desde o século XIX: a crônica, narrativa curta que apresenta fatos cotidianos e corriqueiros, que o autor comenta ou dos quais ele extrai uma reflexão. É certo que não encontramos comentários ou reflexões expressos nos textos de Azevedo, mas eles não deixam de estar implícitos no tom cômico ou satírico com que o escritor encara os fatos que narra.

Outro aspecto que não se deve deixar de lado é que o retrato da "pequena comédia cotidiana" a que Lúcia Miguel Pereira se refere ganha novo significado à medida que não é mais contemporâneo do leitor. Nós, leitores de hoje, vemos nos contos de Artur Azevedo o retrato de um cotidiano pretérito, o que acrescenta a esses textos o caráter de documento histórico. Ou seja, estamos diante de um panorama do Rio de Janeiro no final do século XIX feito por uma "testemunha ocular" da História, por alguém que vivia naquele cenário e convivia com aquelas personagens – observando-as com atenção e bom humor.

Finalmente, outro ponto importante diz respeito à história da literatura brasileira. Artur Azevedo escreveu seus contos num momento em que o **Naturalismo** era predominante no Brasil. Pode-se dizer que o estilo naturalista – que teve no irmão de Artur, Aluísio, seu principal representante brasileiro – se opõe diametralmente ao do autor de *A capital federal*. O Naturalismo procura apresentar, por uma perspectiva analítica, os aspectos mais sombrios, quando não doentios, da realidade humana. Com razão, Lúcia Miguel Pereira vê no fato de Artur Azevedo não se enquadrar nessa escola literária "um ponto a seu favor, pois significa que não quis aproveitar a moda, que não aceitou a comodidade das receitas fáceis de executar, e antes guardou completa independência".

Naturalismo

O Naturalismo constituiu-se na França, entre 1860 e 1880, tendo no escritor Émile Zola (1840-1902) o seu principal teórico. A escola naturalista propunha que o romance apresentasse a realidade objetivamente, analisando-a partindo-se de conceitos filosóficos e científicos em vigor nos fins do século XIX. Nesse sentido, devia revelar o papel que a hereditariedade e o meio exercem sobre as personagens, determinando sua conduta. Com obras como *O mulato* (1881) e *O cortiço* (1890), Aluísio Azevedo consagrou-se como introdutor e maior expoente do Naturalismo no Brasil.

Para finalizar, uma curiosidade: como no caso dos versos e das peças teatrais, os contos de Artur Azevedo foram escritos desde a adolescência. Entretanto, o autor demorou muito a publicá-los em livro. Só o fez em 1889, com o volume *Contos possíveis*, dedicado a Machado de Assis, seu colega no Ministério da Agricultura, Viação e Obras Públicas. Além desse livro, publicou ainda os volumes *Contos fora de moda*, em 1894, e *Contos efêmeros*, em 1897. Esses três livros, porém, não esgotam a produção do autor no que se refere a esse gênero literário. Após sua morte, a 22 de outubro de 1908, outros contos foram reunidos nos volumes *Contos cariocas* e *Vida alheia*, ambos de 1929.

Retrato de Arthur Azevedo feito por Henrique Bernardelli, novembro de 1901.

© Centro de Documentação, Fundação Teatro Municipal do RJ.

Em seu governo, Rodrigues Alves enfrenta a revolta da população contra a obrigatoriedade da vacinação de varíola. *Rodrigues Alves*, óleo de E. Toffano.

Afonso Pena não consegue cumprir seu mandato até o fim e falece em junho de 1909. Seu vice, Nilo Peçanha, assume.

| 1900 | 1902 | 1906 |

- 1902 – Rodrigues Alves é eleito presidente.
- 1903 – O território do Acre, que pertencia à Bolívia, é anexado ao Brasil.
- 1906 – Afonso Pena torna-se o novo presidente do Brasil.

© CEDOC, Fundação Teatro Municipal do RJ.

Programa da peça *O mambembe*, apresentada no Teatro Municipal do Rio de Janeiro em 1959. No elenco, participação de Fernanda Montenegro.

| 1900 |

- 1904 – Encena *O mambembe*, peça que também se destaca em sua obra teatral.
- 1908 – Morre no Rio de Janeiro, a 22 de outubro.

Albert Einstein por volta de 1905.

| 1900 | 1905 |

- 1900 – Sigmund Freud publica *A interpretação dos sonhos*.
- 1905 – Revolução contra o czar na Rússia.
       – O físico Albert Einstein publica a teoria da relatividade e mais três outros artigos que revolucionam as ciências no século XX.

Apesar da Lei do Ventre Livre, muitas crianças continuaram no trabalho duro do campo.

Fac-símile da Lei Áurea, assinada pela princesa Isabel, em 1888.

Cerimônia de posse do marechal Deodoro e do vice Floriano Peixoto, eleito com mais votos do que o próprio presidente, apesar de vir de uma chapa diferente da dele. Caricatura de Pereira Neto para a *Revista Illustrada*.

1880 — **1888** — **1890** — **1891**

- 1885 – Aprovação da Lei Saraiva-Cotegipe, que tornou livres os escravos com mais de 60 anos.
- 1888 – A Lei Áurea pôs fim à escravidão no Brasil, mas não resolveu os problemas dos negros no país. A grande maioria permaneceu marginalizada econômica e socialmente.
- 1889 – Proclamação da República.

- 1891 – O marechal Deodoro da Fonseca foi eleito presidente da República, mas no mesmo ano renunciou em favor de seu vice, o marechal Floriano Peixoto.
- 1894 – O civil Prudente de Morais é eleito presidente.
- 1896 – Início dos conflitos que se tornariam uma guerra entre sertanejos e autoridades republicanas em Canudos, na Bahia.
- 1898 – Eleição de Campos Salles à presidência da República.

Artur Azevedo em outubro de 1873.

Primeiros redatores de *A Gazetinha*, jornal literário fundado em 1880: Fontoura Xavier, Artur Azevedo, Joaquim Guilherme de Sousa Leitão Maldonado e Aníbal Falcão (sentado).

Artur Azevedo na festa de *A capital federal*. Charge de Julião Machado em *A Bruxa*, 26 de fevereiro de 1897.

1880 — **1890** — **1897**

intitulado *O carapuça*, de versos satíricos.
peça cômica, *Amor por anexins*, sucesso
ro. Trabalha no Ministério da Agricultura
aulas de português.
filha de Maria Angu, paródia de uma peça
a a carreira do autor no teatro.

- 1880 – Artur Azevedo, Aníbal Falcão e Fontoura Xavier fundam *A Gazetinha*.
- 1882 – Viaja à Europa e conhece o teatro desenvolvido em cidades como Lisboa, Paris e Madri.
- 1885 – Encenação de *O bilontra*.
- 1888 – Encenação de *A almanjarra*.
- 1889 – Publica *Contos possíveis*, seu primeiro livro de histórias curtas em prosa.

- 1892 – Encenação de *O tribofe*.
- 1894 – Publica *Contos fora de moda*.
- 1896 – Participa da fundação da Academia Brasileira de Letras.
- 1897 – Encenação de *A capital federal*, uma de suas obras principais.

Os enviados alemães entram na praça forte de Belfort para negociar a rendição francesa, cercados pela hostilidade da população. A. de Neville.

Alegoria representando os soberanos Humberto I, Guilherme I e Francisco José, que subscreveram o Tratado da Tríplice Aliança.

Sigmundo Freud, cerca de 1900.

1880 — **1882** — **1890**

iana.
ão. Início da Terceira República na França.

- 1882 – É assinado o Tratado da Tríplice Aliança, definindo cooperação militar entre a Alemanha, a Áustria-Hungria e a Itália, em caso de guerra.
- 1884-1885 – Conferência de Berlim: a África é partilhada entre as potências europeias.

- 1894 – É formada a Aliança Franco-Russa, dando início à Tríplice Entente, que incluiria a Inglaterra e que viria a enfrentar alemães, italianos e austríacos, vinte anos mais tarde, na Primeira Guerra Mundial.

Cronologia Brasil

A primeira estrada de ferro do Brasil (Estrada de Ferro Mauá) é inaugurada em 1854 e ligava o Rio de Janeiro a Petrópolis. Gravura de Sisson na revista *O Brasil Illustrado*.

A partida de tropas brasileiras para a Guerra do Paraguai, século XIX. Gravura da revista *Semana Illustrada*, em 1865.

| 1850 | 1854 | 1860 | 1865 | 1870 | 1871 |

- **1850** – Lei Eusébio de Queirós (extinção do tráfico negreiro para o Brasil).
- **1854** – Inaugurada a primeira estrada de ferro do Brasil, ligando o Rio de Janeiro a Petrópolis.
- **1863** – Depois de alguns incidentes diplomáticos, o Brasil rompe relações com a Inglaterra, vindo a reatá-las dois anos depois.
- **1864** – Tentando expandir os territórios de seu país, o ditador paraguaio Solano López manda tropas invadir a província de Mato Grosso. Tem início a Guerra do Paraguai.
- **1870** – Fim da Guerra do Paraguai.
- **1871** – Promulgação da Lei do Ventre Livre escravos.
- **1872** – É feito o primeiro recenseamento de 10 milhões de habitantes.

Cronologia Artur Azevedo

Casa onde nasceu Artur Azevedo, a 7 de julho de 1855, na rua do Ribeirão, esquina com o beco do Machado, na praia do Caju, cidade de São Luís do Maranhão.

Dona Emília Amália Magalhães de Azevedo com seus filhos menores, Aluísio (esquerda) e Artur (direita).

| 1850 | 1855 | 1860 | 1870 | 1873 |

- **1855** – Artur Nabantino Gonçalves de Azevedo nasce em São Luís (MA), a 7 de julho.
- **1863** – Artur Azevedo demonstra sua vocação para o teatro, brincando de organizar espetáculos e adaptando uma peça do escritor brasileiro Joaquim Manuel de Macedo.
- **1871** – Publica seu primeiro livro.
- **1872** – Encenação de sua primeira peça absoluto, desde a estreia.
- **1873** – Muda-se para o Rio de Janeiro e em jornais e revistas. Também
- **1876** – Estreia no Rio de Janeiro teatral francesa. O sucesso

Cronologia Mundo

Retrato em pé de Napoleão III, s.d. Jean-Hippolyte Flandrin.

Fac-símile da folha de rosto da primeira edição de *A origem das espécies*, 1859.

Cerimônia de inauguração do canal de Suez. Uma das maiores realizações da engenharia do século XIX, ligando o Mediterrâneo ao mar Vermelho. Os gastos foram enormes – só a cerimônia de inauguração custou 2 bilhões de libras esterlinas. O tempo de viagem da Inglaterra à Índia diminuiu de três meses para menos de três semanas.

| 1850 | 1852 | 1859 | 1860 | 1869 | 1870 | 1871 |

- **1852** – Luís Bonaparte se faz coroar imperador da França, com o nome de Napoleão III.
- **1853** – Russos e norte-americanos intervêm militarmente no Japão, forçando o país a abrir seus portos para o Ocidente.
- **1858** – A Inglaterra impõe seu domínio sobre a Índia.
- **1859** – Charles Darwin publica *A origem das espécies*, que revoluciona o modo de pensar e analisar a origem de todos os seres vivos.
- **1861-1865** – Guerra civil nos Estados Unidos: o Norte, industrializado, impõe ao Sul, agrícola, um novo modelo socioeconômico, que tem no fim da escravidão seu aspecto mais evidente.
- **1864** – Napoleão III impõe o arquiduque Maximiliano da Áustria como imperador do México.
- **1869** – Abertura do Canal de Suez.
- **1870-1871** – Guerra Franco-Prussiana.
- **1871** – Fundação do Império Alemão.